JN189321

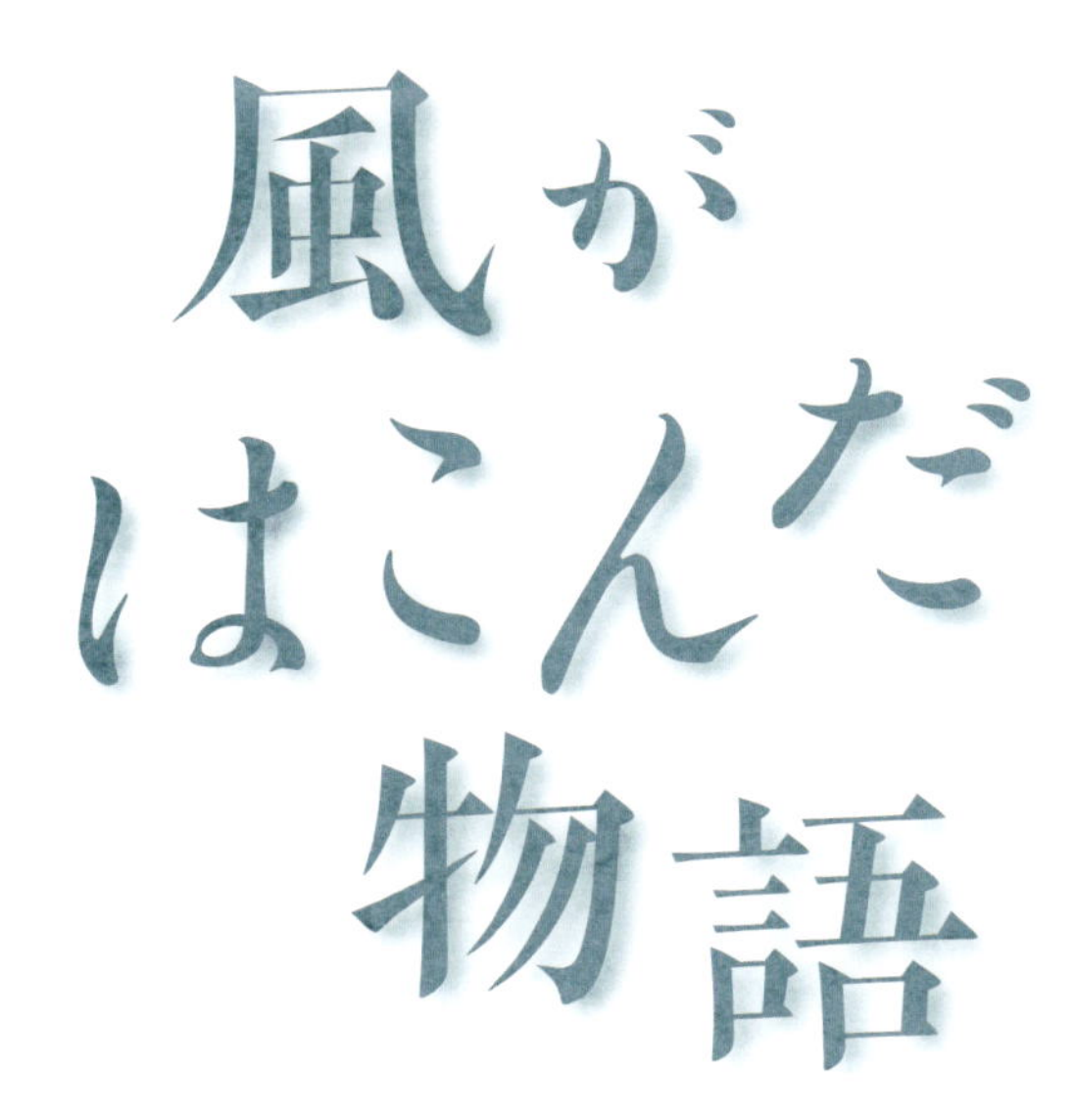

ジル・ルイス 文　ジョー・ウィーヴァー 絵　さくまゆみこ 訳

あすなろ書房

A Story Like the Wind
by Gill Lewis
Illustrated by Jo Weaver

"A Story Like the Wind" was published in English in 2017.
This translation is published by arrangement with Oxford University Press
through Japan UNI Agency, Inc., Tokyo

一人の少年が、宙をゆっくりとめぐっている。


少年は、この地上で、十三回の冬と十四回の夏を過ごしてきた。

少年は、背が高く、やせていて、子馬のような脚は長くても、これから成長する体は、まだきゃしゃだ。

黒い髪と、黒い目をした少年の口元には、かつては、ほほえみがうかんでいた。

でも今、まだ幼さが残る顔には、千年も生きてきたような表情がやどっている。

少年は、ジーンズとTシャツを着て、赤い絹のスカーフを首に巻いている。

そして胸には、細長いケースをかかえている。

少年はこれしか持っていない。

手もとに残ったのは、これだけだったから。

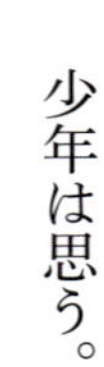

少年は思う。

〈ぼくは、死んでいるのと同じだ。
ひとにぎりの星くずでしかない。
それなのに、こんなに苦しいなんて〉

少年の目は、朝の明るい光をあびている母親を見ることができる。

少年の足は、ほこりっぽい迷路のような通りを走ることができる。

少年の手は、学校の机にきざんだ自分の名前をなぞることもできる。

けれど、そのすべてが今はもう失われてしまった。

もうどれも、思い出のかけらでしかない。

きらめいていた瞬間は頭の片隅にとじこめられ、時間は星くずの中にこぼれていく。

すべてが、別の世界のものになってしまい、
今はもう手にすることができない。

死も、こういうものかもしれない。
愛していたものから引きはなされ、
大事なものをすべて置き去りにして、
もうもどることができないのだから。

少年は、ボートに乗っている者たちに目を向ける。どの顔も、月明かりで幽霊のように見える。

みんな、ひざにあごをのせ、小さな袋をつかんで、輪になってすわっている。その袋の中には、それぞれの人生のかけらが入っているのだ。

幼い子ども二人を抱きかかえている夫婦。

その横には、小さな白い犬を抱(だ)いた老人。
おとなになりかけの暗い影(かげ)を顔にやどした
二人の若者(わかもの)。

少年の知らない顔ばかりだ。出発の時に、
たまたまいっしょになっただけだから。
でも、今は同じボートに乗り合わせて、
いっしょに時間と空間をただよっている。別
天地にある安全な港をめざして。

外づけのエンジンは、しばらく前から止まっている。
最後にひとつ、プスッといったきり。

咳(せき)のような
息を最後にもらして、
鳴りをひそめてしまった。

海図もなく
オールもなく
ボートは

ぐるぐる、
ぐるぐる
ぐるぐる

まわりつづける。
星空の下を、ゆっくりと。

風が出て、
海は荒れている。
それでも、ささやかなボートは
ささやかな望みを乗せている。

風と波がおどり、冷たいしぶきを吹(ふ)きつける。

少年は、鳥肌(とりはだ)の立つむきだしの腕(うで)をさする。

これが現実だ。

少年は、今、ここにいるのだ。

それでもぼくは生きている、と少年は思う。

そして、空を見あげ、星に向かってつぶやく。

「ぼくはラミ。まだ生きているよ」


別の声が夜空にあがる。

「ラミ、あんた、寒そうじゃないの」

そう言ったのは、若(わか)い母親。自分のショールを差し出してまた言う。

「ほら、これを使って」

ラミは自分の赤いスカーフをぎゅっと首に巻(ま)きつけながら、首を横にふる。

「ありがとう。でも、だいじょうぶです」

若い母親は、ラミを見てまた言う。

「わたしの名前はノル。夫はムスタファっていうの」

ムスタファは両手にうずめていた顔を上げて、弱々しい笑みをうかべる。船酔いに苦しんでいるらしい。

ノルはスカーフからはみ出た髪をかきあげると、二人の子どものそれぞれに手を置いて言う。

「息子のバシャールは六歳なの。娘のアマニは四歳よ」

バシャールは目を大きく見開き、波がボートにぶつかるたびに、眉をぴくっと上げる。その横で丸くなっているアマニは、現実を忘れてねむっている。

子どもは二人とも、厚手の上着と毛布にくるまっている。救命胴衣をつけているのも、この二人だけだ。

乗っているのはボートというより、海水浴やプールで使うようなおもちゃといったほうがいい。乗客と海の底をへだてるのは、二層のビニールと、その間に入れた空気だけ。ベルトの金具や、ヘアピンでも刺されば、すぐにこわれてしまう。でも、このボートに乗るには、クルーズ船に乗るのと同じくらいお金がかかった。片道キップなのに、一人一〇〇〇ドルもはらったのだ。

「わたしは、モハンマド」

　老人が言って、コートのふところでふるえている犬の耳をなでつづける。

「こいつは、ビニだ。子犬だったのはかなり前だし、わたしが子どもだったのはもっと前だが、まだいっしょにいるよ」

「おれはユセフ」若者の一人が言う。「で、こっちは弟のハッサン。二人で長いこと旅してきたんだ」

　それからラミを見て、また言う。

「おれたちも、まだ生きてるよ」

それぞれの口からあふれ出る言葉は、ほかの者たちの心に
自分の名前をきざみつけようとする。

おぼえていて。

名前を忘(わす)れないで。

モハンマドが、おりたたんだ平たいパンを袋から取り出す。プレゼントみたいに紙につつんである。ラミの目がくぎづけになり、口の中にじわっとつばがわいてくる。

モハンマドがパンをちぎって、みんなにすすめる。

「ほれ、食べなさい。夜明けまではまだずいぶんあるからな」

ラミは首を横にふる。

「ありがとう。でも、おなかすいてない」

ほかの人がパンをかじっているのを見ると、ラミのおなかがグーッと鳴る。

波が高くなったり低くなったりすると、ボートはかしいで水面をすべる。ムスタファがうめき声をあげて、ボートにしずみこむ。ずっと陸で過ごしてきた体が、海とはなじまないのだ。

ユセフがペットボトルを出して、言う。

「レモネードはどう？　出てくるとき、おふくろがつくってくれたんだ。うちの裏庭の木からとれたレモンでね」

ユセフが、ボトルをムスタファにわたす。

「ひと口飲んで、ほかの人にもまわして。レモンは船酔いにきくって、おふくろが言ってたから」

ボトルがまわってくると、ラミは飲まずに言う。

「ありがとう。でも、ぼくは、のどがかわいてない」

ユセフが、ラミの顔を見てきく。

「どうしたんだ、ラミ？　どうしてパンやレモネードをもらわない？　それに、どう見たって寒そうなのに、ノルのショールもことわったよな？」

ラミの手が、胸にかかえた細長いケースをぎゅっとにぎる。

「お返しできるものがないんだ。これしか持ってないから」

バシャールが目を丸くしてたずねる。

「何が入ってるの？」

ラミが掛(か)け金(がね)をはずして、ふたをあける。

「これさ」

黒っぽい色のビロードの上に置かれているのは、バイオリンだ。横には弓も入っている。こんなところでは、とんでもなく場ちがいなものに見える。

あまりにもはかなげで、
あまりにも精密(せいみつ)で、
あまりにも美しい。

バイオリンは、どこかほかの世界からやってきた静けさをただよわせている。

ラミは、生まれたばかりの赤ちゃんを抱くように、両手でそっとバイオリンを持ちあげる。

「急いで逃げなきゃならなかったんだ。でも、これだけは置き去りにできなかった」ラミが言う。

バシャールがラミににじりよって、バイオリンを見つめる。そして、先端の渦巻き模様や、弦をぴんと張るためのねじに手をのばす。細いネックやボディのなめらかな木のカーブを指でなぞる。

ユセフは、空っぽのケースを見て、眉をひそめる。

「これしか持ってないって？　食べ物は？」

「ない」ラミは言う。「これだけなんだ」

ハッサンが、首を横にふって言う。

「こんなものがなんの役に立つんだよ。売ってしまえば、食べ物か水か、救命胴衣だって買えたかもしれないのに」

ラミも、首を横にふりながら言う。

「そうだね。でも、ぼくにとっては、これがすべてなんだ。これには、ぼくの魂が入ってるから」

モハンマドが身を乗り出す。

「ラミ、見せておくれ。きみにとって、これがどんなに大事なものなのかを、見せておくれ」

ラミは、バイオリンをあごの下にあてて、ケースから弓を取り出す。

「このバイオリンは、たくさんの物語をおぼえているんだ」

ラミが弓を弦にすべらせると、深いメロディが夜を満たす。

「戦争が始まる前、父さんの麦畑の向こうに朝日が昇ると、霧が晴れて麦畑が金色にそまった。刈り取りのあとのあたたかい晩に、村ではみんなが集まって音楽をたのしんでいた。コーヒーや、アーモンドをローストするいいにおいも、ただよっていた。そういうことを、こいつはみんなおぼえているんだ」

バシャールが音楽をつかまえようとするように宙に手をのばす。でも、音はその手をすりぬけて、風に乗って飛んでいく。

ラミはほほえみ、弦の上で弓をふるわせる。

「シンフォニー・オーケストラのオーディションを受けたとき、ぼくがどんなにあがってしまったかも、このバイオリンはおぼえている。そして、ほかの物語も知るようになって、自分の声をオーケストラに重ねることができたときの喜びも」

ノルがラミの腕に手を置いて言う。

「わたしたちのために何か弾いて、その物語をひとつ聞かせてくれないかしら。聞きたいの。夜は長いし、弾いてくれたら、闇を追いやることもできるでしょう」

ラミはバイオリンをひざに置いて、弓のほつれた毛を引っ張る。

「どの物語がいいか、わからないな」

海がのたうち、ボートをもてあそぶ。

「わたしたちがこの夜をなんとか乗り切るための物語を聞かせて」ノルは、ラミの腕に置いた手に力をこめる。その目には涙が光っている。「夜明けまで勇気をもらえるような物語をお願い」

「危険な物語でもいいの？」と、ラミが、バイオリンの木目に指をすべらせて言う。眉をひそめながら。「これは、兵隊がやってきた日に、オーケストラの指揮者がぼくに話してくれた物語だ。兵隊は、ぼくたちが演奏するのを禁止した。それは、もしかしたら、音楽の力を知っていたからかもしれない。音楽に何ができるかを知ってたから禁止したのかも。指揮者はぼくにお金をくれて、すぐに逃げろと言った。家にもどる時間はなかった」

ラミは赤い絹のスカーフの先を持ちあげて、言葉をつづける。

「これも、その指揮者が思い出にくれたんだ。そして、路地だろうと、町の広場だろうと、世界一の音楽堂だろうと、演奏するときは、いつもこのスカーフを身につけてくれと、ぼくに頼んだ。この物語は、だれもが知らなくちゃならないとも話してた」

「だったら、その物語を聞こう」モハンマドが言う。

ビニが上着の下から顔を出し、黒い目でラミを見ている。

「うん」ハッサンが言う。ハッサンとユセフは少し前に出て、幼い子どもみたいにひざをかかえる。「おれたちも、聞きたいよ」

ムスタファは、妻と子どもたちに両腕をまわす。

嵐はおさまり、海もひと休みして耳をかたむけているらしい。

ラミが、ボートの端で上半身を起こす。絹のスカーフが風になびく。ラミは弓を持ちあげて弦に置く。

「このバイオリンは、たくさんの歌を演奏できる。大昔の歌もうたえる。胴の木目や、ぴんと張った弦や、ネックの渦巻き模様の中に、いちばん最初の物語もおぼえているから。それは、どの宗教も、どの国も、自分のものだと言えないような、みんなの物語なんだ。

それは、みんなの物語
それは、自由の歌
それは、風のような物語」

「どんなふうに始まるの?」バシャールが小声できく。

ラミは笑顔で答える。

「すぐにわかるよ」


ボートに乗っている者たちは、ゆれ動く波に背を向けて、いっしょに耳をかたむける。

風が出て
海は荒れている。
それでも、ささやかなボートは
ささやかな望みを乗せている。

ラミが話しだす。

この物語は、ずっとずっと昔に始まります。モンゴルの砂漠にある高原に、百万の馬の国として知られる場所がありました。

「はじめに、高原を走るひづめの音が聞こえてくるんだ」

ラミがそう言ってバイオリンの胴を指でたたくと、夜空にたくさんのひづめの音がとどろく。

ラミは、弓を弦に走らせる。

高い山から草原に風が吹いてきて、冬をつげる寒さと初雪をはこんできました。

音楽が、渦巻く風に合わせて、高まったり静まったりする。

若い羊飼いのスーホは、山から羊の群れを連れて帰るとちゅうで、何かが雪に埋もれているのを見つけたのです。

「何を見つけたの?」バシャールが小声できいた。

ムスタファがバシャールをひざに乗せて言う。

「しーっ! ラミの話を聞こうね」

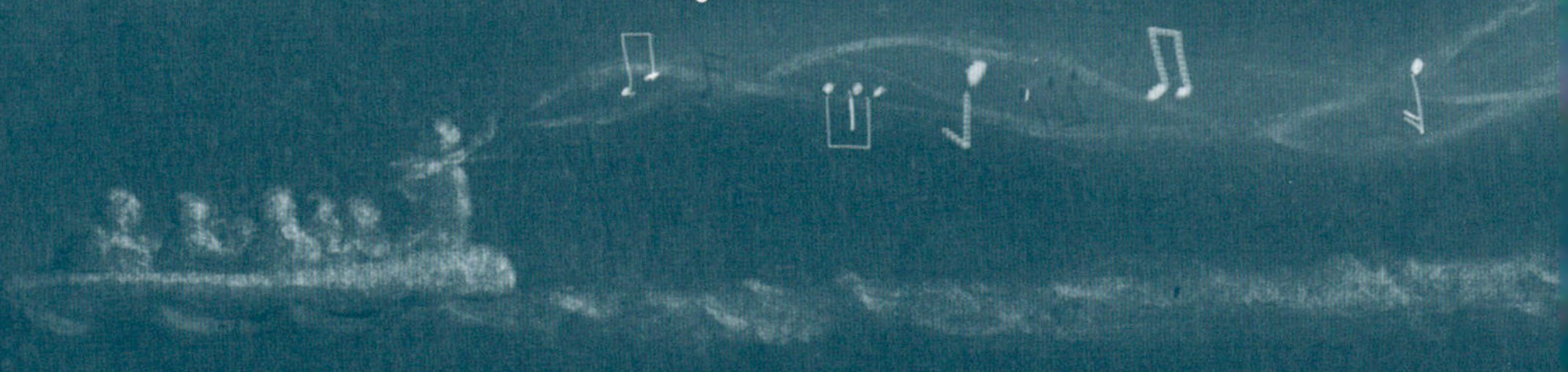

スーホは、三人兄弟の末っ子でした。嵐が近づいていて、兄弟たちは、早く避難しようと必死になっていました。三人が乗った馬たちも、尻尾を垂らして風に向かって頭を下げ、足を速めていました。あたりは暗くなりはじめ、下のほうの谷はもうすっぽりと闇につつまれています。

「スーホ」いちばん上の兄さんが声をかけました。「上のほうにまだうちの羊がいるのが見える。おまえの馬がいちばん若くて足も速い。行って、連れてきてくれないか。そのあいだにおれたちは、この羊たちを家まで連れていくから」

スーホは、不平を言いたい気持ちをおさえて、すぐに馬の向きを変えました。兄さんたちは、家の明かりに向かって斜面を下っていきます。スーホは、小声で文句を言いました。自分より先にあたたかい馬乳にありつける兄さんたちがうらやましかったのです。

スーホは雲におおわれた高い山頂を見あげました。峡谷や渓谷はもう雪に埋もれています。秋はもう終わり、この冬はきびしいものになるだろうと、長老たちは予想していました。スーホの馬は、山の急斜面にはりついたような、狭い道を進んでいきます。道のへりから落ちた小石が、渦巻く霧の中にすいこまれていきます。けれどもスーホは、自分の馬を信じていました。空を見あげると、雪がひらひらと舞いおりてきて、冬が最初のキスをするみたいに、ほおにあたってとけました。

スーホは、乗った馬に急斜面を登らせて、はぐれた羊たちのほうに向かいました。スーホの馬は足を高く上げて深い雪の中を進んでいきます。

峡谷はだんだん狭く急になり、あちこちに青い影が見えるようになりました。それでもまだ、曲がりくねりながら、雪をかぶった岩を越えて道はつづいています。やがて何かにびくっとしたのか、馬の体がこわばるのがわかりました。頭を高く上げ、鼻の穴を大きくふくらませています。スーホが、雪のせいでよく見えなくなった目をこらすと、岩の間に何か黒っぽいものが見えました。オオカミでしょうか？　もう何年もこのあたりでオオカミは見ていないけれど。スーホは馬の首をなでてやると、「なんだろう？」とつぶやきました。馬だけでなく自分もおちつかなくては。もしオオカミなら、ここには逃げ場がありません。

スーホの馬は鼻を鳴らすと、地面を足で引っかきました。すると、馬が一頭倒れているのがスーホにもわかったのです。馬の体は雪におおわれています。スーホは乗っていた馬からとびおりると、倒れている馬の顔から雪をはらいのけました。雌馬のようですが、その命は今にも消えようとしています。長い褐色のまつげは凍りついて

光っています。もう手遅れでしょう。スーホは、自分の馬を引っ張ってそこを通り過ぎようとしましたが、馬は動こうとしませんでした。スーホの馬が首を下げ、積もった雪を鼻ではらいのけ、あたたかい息を吹きかけます。すると、雪の下で何かが動きました。スーホがひざをついて両手で雪を掘ると、小さな子馬がいるのがわかりました。雌馬に体をぴったりくっつけています。子馬の体は冷たくなっていましたが、スーホが顔に積もった雪をはらうと、やわらかいまつげがパチパチ動きました。さらに雪をかき分けると、小さな白い頭があらわれました。夏も遅くなってから生まれたのでしょう。こういう子馬は冬を生きのびるのがむずかしいのです。母馬が死んでしまってはなおさらです。

スーホは、ほかにも馬はいないかとあたりを見まわしましたが、山は寒々として静まりかえっています。風が谷を吹きぬけてうめき、岩の間をヒュウヒュウ通りぬけていくだけです。

スーホは、子馬から雪をすっかりはらいのけてやりました。子馬の毛は雪のように白く、目は闇夜のように真っ黒です。ぬれたたてがみも尻尾も、短くて、くしゃくしゃでした。生まれてからほんの数週間しかたっていないのでしょう。スーホは、鼻に手をふれ、口の中に指をすべりこませました。舌は冷たく乾いていて、これではお乳も飲めそうにありません。立ち上がらせようとしましたが、立つ力はないようです。ここに置き去りにしたら、たちまち死んでしまう。それに、この先、雪がもっと降ってきそうです。

スーホは、小さな子馬をかかえ上げ、自分の馬の鞍に乗せて、上着をかけてやりました。それから、馬を駆って、迷子になっていた羊たちを追い立てながら山を下っていきました。

下の谷まで行くと、スーホのお父さんが待っていました。

「どうしてこんなに遅くなったんだね？　心配して探しにきたんだぞ」

「山で、みなしごの子馬を見つけたんです」

お父さんが上着の端をめくると、小さな子馬が見えました。

「ちっちゃいな。野馬の子だな」

「何か食べさせて、あたたかくしてやらないと」スーホは言います。

しかしお父さんは、首を横にふりました。

「こんなに弱っていては、ひと晩ももたないだろうよ」

「まだ命があるのだから、やってみます」スーホは言いました。

スーホは、子馬をあたたかいゲル（遊牧民が使う移動式住居）の中に入れ、火の前に寝かせました。

スーホのおじいさんが、ひざをついて子馬を調べると、言いました。

「野馬の群れで生まれた子だな。命が助かったとしても、飼い慣らすことはできんぞ」

兄さんは、足で子馬をつつくと、言いました。

「朝までには死んじまうな」

スーホは、子馬のやわらかい鼻先をなでてやり、かがみこんで耳元でささやきました。

子馬の小さな耳がぴくぴく動いたので、聞いていることがわかります。

「おまえを死なせはしない。約束する。ぼくが守ってやる」

「それで、なんて名前をつけるつもりなの？」お母さんが、あたたかいシチューを入れた器をスーホに手わたしながらききました。

　スーホは、子馬の黒い目を長いことじっと見ていました。

「名前をつけるのは、ぼくじゃない。この子は野の馬だから。この子はこの子のものなんだ」

　おじいさんがうなずいて、言いました。

「そうだな。だが、命を助けてやるなら、まず乳をやらないと。わしの雌馬が遅くに子を産んで、まだ乳が出ている。それをこの子馬にもやろう。飲ませるのは、わしが手伝うよ」

　スーホは、ひと晩じゅうねむらずに、子馬にあたたかいお乳を飲ませました。毛糸の束をお乳にひたして、それを吸わせたのです。

　明かり取りから夜明けの光が入ってくると、スーホはようやく白い子馬をつつむように体を丸め、子馬の頭を自分の胸に乗せて眠りにつきました。

　夢の中で、子馬は風になり、スーホのまわりをとびはねました。そして子馬は、スーホがどんなに速く走っても、つかまえることができないのでした。地の果てまで追いかけていっても、子馬はいつもスーホの手をすりぬけてしまうのです。

　明るい陽射しに、スーホは目をさましました。手をかざして見ると、戸口にはおじいさんの姿が影絵のようにうかびあがっていました。スーホは子馬のほうへ手をのばしましたが、そこには何もありません。子馬は夜のあいだに死んでしまったのでしょうか？　子馬の命は、スーホの手からこぼれ落ちてしまったのでしょうか？　すべては夢だったのでしょうか？

スーホは体を起こすと、目をこすりました。

「子馬は……？」

おじいさんは手をのばすと、ふっふっと笑いました。

「おいで。見てごらん……」

おじいさんにつづいて外に出たスーホの目にうつったのは、雌馬の横に立っている小さな白い子馬でした。子馬の頭は雌馬の脇腹に隠れて見えませんが、子馬の尻尾がゆれているところを見ると、雌馬のお乳を飲んでいるようです。

おじいさんは、スーホに腕をまわして言いました。

「わしは、朝まではあの子が死んでしまうと思っとったんだがな。子馬はこれまでにたくさん見てきたが、この子は強い力を持っとるぞ。生きながらえれば、特別な馬になるだろう」

バシャールがラミの腕を引っ張る。バイオリンの調べが止まる。

「子馬は、生きることができたの？」バシャールがきく。

ラミは、にっこり笑って言う。

「弱った子馬を世話するのは、かんたんなことじゃない。でも、いちばん必要なのは愛情なんだ」

ノルが、息子を抱きしめながら言う。 

「あんたも同じだったのよ、バシャール。お医者さんには、生まれるのが早すぎたから生きるのがむずかしいだろうって言われたの。でも、あんたのお父さんもわたしも、必死に世話をした。あんたもがんばってくれた。わたしたちの愛情があんたを生かしたんだって、そう言われたわ」

ラミは、にっこりして言う。

「このバイオリンは、愛情についての物語をたくさん知っています。いろんな種類の愛情の物語を。初恋の物語も語ることができますよ」

ラミが弓を弦に走らせて、ふたつのメロディを奏でる。そのふたつが、ちょっかいを出し合ったり、離れたり、いっしょに流れていったりする。

ムスタファがノルの手をにぎる。

「このバイオリンは、恋人たちが出会って最初に踊ったときのこともおぼえてますよ。恋人たちの希望や夢も」と、ラミが言う。

ノルが夫の手をにぎりかえす。

「わたしたちの物語を、このバイオリンは知っているのかもしれないわね。わたしの父が初めてデートをゆるしてくれたときのこと、おぼえてる？」ノルが夫にきく。

ムスタファが笑顔で答える。

「映画を観にいったんだったね。でも、どんな映画だったかはおぼえてないな」

ラミは、指で弦をはじいて言う。

「最初のキスのことも、忘れてませんよ」

ノルとムスタファはほほえむが、バシャールが顔をしかめて言う。

「だけど、子馬はどうなったんだよ？　死んでしまったの？」

ラミは首を横にふって答える。

「子馬は死ななかったよ。生きながらえたんだ」

最初の年、子馬はスーホがどこへ行くにも、ついてまわりました。馬や羊の世話をするときも、ちょこちょこと追いかけてきました。

スーホが子どもから一人前のおとなになると、子馬も、雪のように真っ白な毛並みで、闇夜のように真っ黒な目をした、りっぱな雄馬に成長しました。この雄馬が背中に乗せるのは、スーホだけでした。鞍も馬具もつけずに、スーホと白馬は平原を走り、風に負けない速さで地の果てまで夕日を追いかけていくのでした。

真っ白な雄馬のうわさはあちこちに広まり、見に来る人もふえました。そういう人たちはお金や金をちらつかせましたが、スーホはそのたびに首を横にふり、言うのでした。

「この馬の持ち主は、ぼくじゃない。この馬は、この馬のものなんです」

真っ白な馬が五度目の夏をむかえたとき、

平原で競馬大会が行われることになりました。

「おまえも出るかい？」競馬の会場に向かっていっしょに馬を走らせながら、兄さんがスーホにききました。

スーホはうなずきました。

「もしこの馬が乗せてくれるならね」

スーホたちは、太陽が山の後ろにしずんだころになって、会場にたどりつきました。あたりには音楽がひびき、ナツメグやシナモンの香り(かお)が立ちこめています。スーホは真っ白な馬のたてがみをぎゅっとつかんで、市場をぬけていきました。屋台がいくつも出ていて、馬商人や、じゅうたん売り、ゲルを作る者や、馬具屋などが商売をしています。夜遅(おそ)くまでたいまつの火がもえ、もうけようとする人たちが、売ったり買ったり、物を交換(こうかん)したりしています。

ラミが弓を行ったり来たりさせると、なめらかにすべったり押し合ったりする音がだんだん速くなり、市場の明かりや色をうかびあがらせる。ラミが指を弦の上で踊らせると、言い合ったり、おしゃべりしたりする声が聞こえてくる。ラミのバイオリンが市場の歌を奏でるのに調子を合わせて、モハンマドが手を打ち合わせる。そのふところの中で、ビニもワンワンと吠える。モハンマドは足を踏みならし、にっこりと笑う。

思い出がよみがえってくる。

「これは、わたしの物語だな。ふるさとの市場で、わたしはじゅうたんを売っていた。お客は、ずいぶんと遠くからもやってきたよ。市場ではゲームのように、売り手と買い手が少しでもいい値段をつけようと張り合っていた。あのころはよかったなあ」モハンマドの目尻に笑いじわが寄る。「あるとき、わたしは、美しい女の人に空飛ぶじゅうたんを売ろうとした」

ラミが演奏をやめて、きく。

「空飛ぶじゅうたん？　空飛ぶじゅうたんを売ろうとしたんですか？」

バシャールがあんぐりと口をあけて、たずねる。

「本物の空飛ぶじゅうたんなの？」

「そうだとも」モハンマドがにっこりする。「昔、わたしがまだ若かったころ、海のように深い色の目と、お日さまのようにあたたかい笑顔をもった女の人が、わたしの屋台にやってきた。その人は、並んでいるじゅうたんから一枚を選んで買おうとしていた。これまでに見たこともないような美しい人で、わたしはひと目で恋に落ちた。で、わたしは言った。『魔法のじゅうたんも、ありますよ。条件さえ合えば、お売りしますよ』とな」

ノルが首をかしげてきく。

「どんな条件だったの？」

モハンマドは、ノルに向かって人差し指をふりながら言う。

「こう言ったんだよ。『この空飛ぶじゅうたんは、あなたが行きたいところなら、どこへなりとも連れていってくれます。あなたの夢がかないますよ。ただし、このじゅうたんを買うなら、わたしもいっしょに連れてってください』と」

ノルが、女の人の返事ならわかっているというふうに、笑いながらきく。

「で、その人は、そのじゅうたんを買ったの？」

モハンマドは、悲しげに頭を横にふる。

「いいや、買わなかった。そのときに言われたことを、今でも昨日のことのようにおぼえているよ。こうだ。『わたしは、ふるさとを出るつもりが、ありません。それに、わたしのただひとつの夢は、愛してくれる人を見つけ、わたしもその人を愛することなんです』」

ユセフが首をふりながら言う。

「ついてなかったな。気の毒に」

するとモハンマドは、満面の笑みをうかべて言う。

「ところが、そうじゃなかった。わたしは、これほど運のいい男はこの世にいないと思ったな。その人は、じゅうたんは買わなかったが、わたしの妻になってくれたんだから」


ハッサンが声をあげて笑うと、兄をつつく。

「おれたちも、空飛ぶじゅうたんを売ればよかったな」

モハンマドは、ビニの耳をさすりながら言う。

「わたしは、この世のだれにも負けないほど深く、彼女を愛していたよ」

バシャールはボートに乗っている人の顔を見わたし、モハンマドのそでを引っぱってきく。

「その人は、今どこにいるの？」

ノルが息子を抱きよせて、言い聞かせる。

「しーっ、バシャール。あれこれきくもんじゃないわ」

波がボートに打ち寄せて、冷たいしぶきをあびせかける。

モハンマドは小さな白い犬をふところに押しこむと、言う。

「ビニは妻の犬だった。今は、わたしとこの犬だけになってしまった」

それから、首から下げた鍵を持ちあげて、くちびるにふれると、言葉をつづける。

「これは、今はもうないドアの鍵だ。そのドアの向こうにあった家は、がれきの山になってしまった。でも、わたしの夢の中では、彼女は、まだ生きている。あのドアをあけると、そこで……」モハンマドは鍵をシャツの下に入れて、目をぎゅっとつむる。「……夢の中で、彼女はまだわたしを抱きしめてくれる」

風がモハンマドの言葉をさらって、海の上をわたっていく。

あとには、空っぽになった静けさだけが残される。

「ラミ、お願いだ」モハンマドが目をあけて言う。「さっきのお話をつづけてくれないか、スーホは、真っ白な馬に乗って、競馬大会に出たのかい？」

ラミがバイオリンをあごにあてて、また弾き始める。

次の日、俊足で名高い馬たちが勢ぞろいして、ひんやりした夜明けの光をあびていました。どの馬も、足を踏みならし、鼻から白い息を吐き、たづなをぐいぐい引っ張っています。つやつやした脇腹からは、湯気があがっています。乗り手は、それぞれキツネの毛皮やワシの羽を飾った晴れ着を着ていました。馬たちがつけている馬具もカラフルな糸で刺繍がほどこしてあります。そんな中でスーホだけが羊飼いの服を着たまま、馬具も鞍も何もつけていない真っ白な馬の背にまたがっていました。

馬たちが並んだところへ、黒馬に乗った大金持ちの地主があらわれました。黒い毛皮をまとい、金色の拍車をつけています。地主には武装した衛兵がつきそっていますが、衛兵の金属のよろいが群衆に切りこむするどい刃のように朝日にぎらぎら光っています。人びとは地主たちを通すために道をあけました。

スーホの兄さんが、スーホをそばによんで、ささやきました。

「黒い地主に勝たせてやれ。あの地主は、かっとなると何をするかわからない。さからうと、おれたちの年貢をふやしたり、おれたちを追い出したりするからな」

真っ白な馬は、前足で地面をかいて、すぐにでも走り出したいようです。

スーホは笑って、真っ白な馬のたてがみをつかみました。

「この馬を止めることはできないよ。ほら、競走したがってる。こいつがどんな力を持っているか、見てみようよ」

「スーホ」兄さんは思いとどまらせようとしましたが、もう手遅れでした。

角笛の合図を聞くと、馬たちはいっせいにひづめの音をとどろかせ、土けむりをあげて走り出しました。

スーホの白馬は、ほかの馬たちといっしょに軽々と走っていました。馬たちはずんずん走り、草原を横切り、川をわたり、山を登り、谷を下りました。黒馬に乗った黒い地主は、他を引きはなしていつも先頭に立っていました。最後の山を下ると、遠くにあざやかな旗やのぼりが目に入りました。あれがゴールなのです。大勢の人がそこに集まって、馬と乗り手がもどるのを待っているのが、スーホにも見えます。

スーホが乗った白馬は、最後のけわしい山道を駆けおりました。黒い地主はすでに平原を走っていて、ずいぶん遠くに土けむりが見えています。これなら黒い地主が勝つにちがいありません。スーホは、ホッとしていました。地主が腹いせに年貢を上げたら、スーホの家族ははらえなくなるからです。ところが、スーホの白馬は、足がやわらかい草にふれたとたん、頭をふり上げ、黒馬を猛追しはじめました。ひづめの音をとどろかせ、たてがみや尻尾を風になびかせて、これまで見せなかった速さで走ります。地面がどんどん後ろへ飛んでいきます。まるで空を飛んでいるみたいだ、とスーホは思いました。

黒馬は、白馬が追ってくるのに気づくと、耳を後ろにぺたっと寝かせ、速度を上げました。しかし、白馬はすぐに追いつき、二頭は頭と頭、肩と肩を並べて走ります。地主はスーホをにらみつけ、自分の馬をせきたてますが、白馬も負けていません。

「もっと速く」黒い地主はそうさけぶと、黒馬の脇腹に杖をふりおろしました。何度も何度も打ち下ろしたので、黒馬の汗に血がまじりました。

白馬は、黒い地主の横を風のように走っています。

「スピードを上げろ」黒い地主はわめくと、するどくとがった金色の拍車を黒馬の脇腹につき立てました。

でも、黒馬はすでにがんばれるだけがんばっていて、もうこれ以上は無理だったのです。鼻から炎の息を吐き、肺は必死で息を吸おうとしていたものの、大きな心臓が限界を超えていました。黒馬は、ゴールの少し手前でどうと倒れて引っくりかえりました。そのわきを白馬とスーホが駆けぬけました。ゴールを合図する旗がふられます。

しかし、歓声はあがりませんでした。

勝利を祝う角笛も太鼓も鳴りませんでした。

あたりはしんとしています。

だれもがかたずをのんでいます。

ひんやりとした空気の中に、金色のほこりが舞っています。

みんなが見ていると、そのうち黒い地主が地面から立ち上がり、マントについた泥をはらいました。そして、わきあがる嵐の雲のようにどす黒い顔で、スーホと白馬のほうへ近づいてきました。

「おれのいちばんいい馬が死んだのは、おまえたちのせいだ」地主が言いました。

白馬は首をふり立て、耳を寝かせました。

黒い地主は目を細めると、スーホをにらみつけながら言いました。

「死んだ馬のかわりに、おまえの馬をよこせ」

「それはできません」地主に向かってスーホは声をしぼり出しました。「この馬は、レースに勝っただけなんです」

後ろにいる人びとも、そうだそうだとつぶやいているのがスーホの耳にも入りました。

黒い地主がくるっとふりかえると、人びとはだまりこみ、地面に目を落としました。顔を上げている者は一人もいません。

「おまえが馬をよこさないなら、すべての者の年貢を二倍にするぞ。おまえが馬をよこさないなら、衛兵に命じておまえの家に火を放ち、おまえたちを谷から山へと追いやるぞ」

衛兵たちは剣をぬき、スーホと白馬を取り囲みました。

白馬は頭をふり、前足で地面をかきました。

スーホは白馬から下りると、言いました。

「この馬をさしあげるわけにはいきません。この馬はぼくのものではないからです。この馬はだれのものでもありません。持ち主は、この馬自身なのですから」

白馬は後足で立ち上がり、ひづめを蹴り上げました。でも、衛兵の数が多すぎます。衛兵たちは輪縄を投げ、白馬をおさえこみました。

「だめです」スーホはさけびました。「この馬にお乗りになることはできません。乗り手は、この馬が選ぶんです」

スーホは白馬に駆け寄ろうとしましたが、衛兵たちに押しのけられてしまいました。

黒い地主はスーホのえり首をつかみ、自分の顔を近づけると、言いました。

「おれは、この国でいちばんの乗り手だ。どんな馬でも飼い慣らすことができる。この馬だって、同じさ」

「この馬は風みたいなものです」スーホは言いました。「風は、どんなふうにしても飼い慣らすことはできないでしょう。この馬は夕日みたいなものです。どんなに急いで追いかけても、夕日は手の届かないところへしずんでしまうでしょう」

黒い地主は、スーホの顔にペッとツバを吐きかけました。

「おまえは、このおれをからかおうというのか？」

そして、スーホの家族のほうを見ると、言いました。

「夜が来る前に、この谷から出ていけ。さもないと、衛兵がおまえたちの家に火のついた矢を放ち、おまえたちが持っている馬を全部もらうことにするぞ」

そして、集まった人びとを見わたすと、地主はつづけて言いました。

「この子を助けようとする者がいれば、同じように追放するからな」

人びとは、おしだまったまま散ってゆき、スーホと家族は、荷造りをしました。地主から追放されるのを恐れて、手を貸す者はありません。

「ばかだな。なんてことをしてくれたんだ！　なんで、おれの言うことを聞かなかった？　なんで黒い地主に勝たせなかったんだ？」兄さんが言いました。

お父さんも首を横にふりながら言います。

「山の冬はきびしすぎる。わたしらも、もう終わりだな」

ところがおじいさんは、スーホに手を貸して立たせると、言いました。

「いいや。黒い地主に初めて刃向かったのが、あの白馬だ」

おじいさんはあごをさすりながら、はるか遠くの地平線に影絵になって見えている城を見やって言葉をつづけました。

「これは、ほんの始まりにすぎないのかもしれん」

城の敷地の中では、黒い地主が白馬を飼い慣らそうとしていました。鞭でさんざんに打たれて、白馬の体のあちこちに血がにじんでいます。それでも、白馬は地主の言うことを聞こうとはしませんでした。黒い地主は馬具をつけようとし、背中に鞍を置こうとしましたが、白馬はかみついたり蹴とばしたりして、地主を寄せつけません。

「なんとしても、おまえを飼い慣らしてやるからな」黒い地主は、おどしました。そして炎天下につないだままにしたり、食べ物や水をやらないでおいたりしたのです。太陽が昇ってはしずみ、夏が過ぎていくうちに、白馬の毛は薄汚れた灰色になり、あばら骨や腰骨がくっきりと目立つようになりました。目は、かがやきも、きらめきも失っています。白馬が内に秘めていた星が消えてしまったのです。

黒い地主は、白馬のまわりを円を描くように歩きながら、棒の先で白馬をつついて、

「おい、これでも、まだおれを蹴るつもりか？」と言いながら、その棒で白馬の横腹を打ちすえるのでした。

白馬の足はがくっとくずおれましたが、なんとか立ち上がります。

「これでも、おれにかみつくつもりか？」

黒い地主はそう言うと、白馬の口に金属のはみをつっこむのでした。

地主は、白馬に鞍を置くために衛兵をよびました。

「さあ、来い。おれがこの馬を飼い慣らしたところをみんなに見せてやるんだ」

人びとは、黒い地主と衛兵がやってくるのを見ると、おじぎをし、だまって一行が通り過ぎるのを待ちました。やせて土気色の顔をした子どもたちは、母親の後ろに隠れて暗い目でようすをうかがっています。みんな黒い地主が重い年貢を取り立てるせいで、おなかをすかせているのです。

白馬は、首をうなだれていました。たてがみも尻尾の毛も、もつれてもじゃもじゃになり、もろくなったひづめを引きずるように歩いています。

「ほら見ろ」と、黒い地主は衛兵や人びとに言いました。「おれには飼い慣らせないものなど、ないのだ。すべてを支配しているのだからな」

白馬の脚はふるえていました。背中には重たい地主がふんぞりかえり、するどい拍車が横腹にあたります。

白馬が目をつぶると、この冬初めての雪がひらひらと落ちてくるのがわかりました。山から吹き下ろす冷たい風が、ぼさぼさになったたてが

料金受取人払郵便

牛込局承認

2150

差出有効期間
平成31年1月9日
切手はいりません

郵便はがき

162-8790

東京都新宿区
早稲田鶴巻町551-4

あすなろ書房
愛読者係　行

■ご愛読いただきありがとうございます。■

小社のホームページをぜひ、ご覧ください。新刊案内や、
話題書のことなど、楽しい情報が満載です。
本のご購入もできます➡http://www.asunaroshobo.co.jp
（上記アドレスを入力しなくても「あすなろ書房」で検索すれば、すぐに表示されます。）

■今後の本づくりのためのアンケートにご協力をお願いします。

お客様の個人情報は、今後の本づくりの参考にさせて頂く以外には使用いたしません。下記にご記入の上（裏面もございます）切手を貼らずにご投函ください。

フリガナ お名前	男・女	年齢　　歳
ご住所　〒		お子様・お孫様の年　　歳
e-mail アドレス		
●ご職業　1主婦　2会社員　3公務員・団体職員　4教師　5幼稚園教員・保育士　6小学生　7中学生　8学生　9医師　10無職　11その他（　　）		

※引き続き、裏面もご記入ください。

●この本の書名（　　　　　　　　　　　　　　　　　　　　　　　　　）

●この本を何でお知りになりましたか？

1 書店で見て　2 新聞広告（　　　　　　　　　　　新聞）
3 雑誌広告（誌名　　　　　　　　　　　　　　　　　）
4 新聞・雑誌での紹介（紙・誌名　　　　　　　　　　）
5 知人の紹介　6 小社ホームページ　7 小社以外のホームページ
8 図書館で見て　9 本に入っていたカタログ　10 プレゼントされて
11 その他（　　　　　　　　　　　　　　　　　　　　）

●本書のご購入を決めた理由は何でしたか（複数回答可）

1 書名にひかれた　2 表紙デザインにひかれた　3 オビの言葉にひかれた
4 ポップ（書店店頭設置のカード）の言葉にひかれた
5 まえがき・あとがきを読んで
6 広告を見て（広告の種類〈誌名など〉　　　　　　　　）
7 書評を読んで　8 知人のすすめ
9 その他（　　　　　　　　　　　　　　　　　　　　）

●子どもの本でこういう本がほしいというものはありますか？

（　　　　　　　　　　　　　　　　　　　　）

●子どもの本をどの位のペースで購入されますか？

1 一年間に10冊以上　2 一年間に5～9冊
3 一年間に1～4冊　4 その他（　　　　　）

●この本のご意見・ご感想をお聞かせください。

※ご協力ありがとうございました。ご感想を小社のPRに使用させていただいてもよろしいでしょうか　（1 YES　2 NO　3 匿名ならYES）
※小社の新刊案内などのお知らせをE-mailで送信させていただいてもよろしいでしょうか　（1 YES　2 NO）

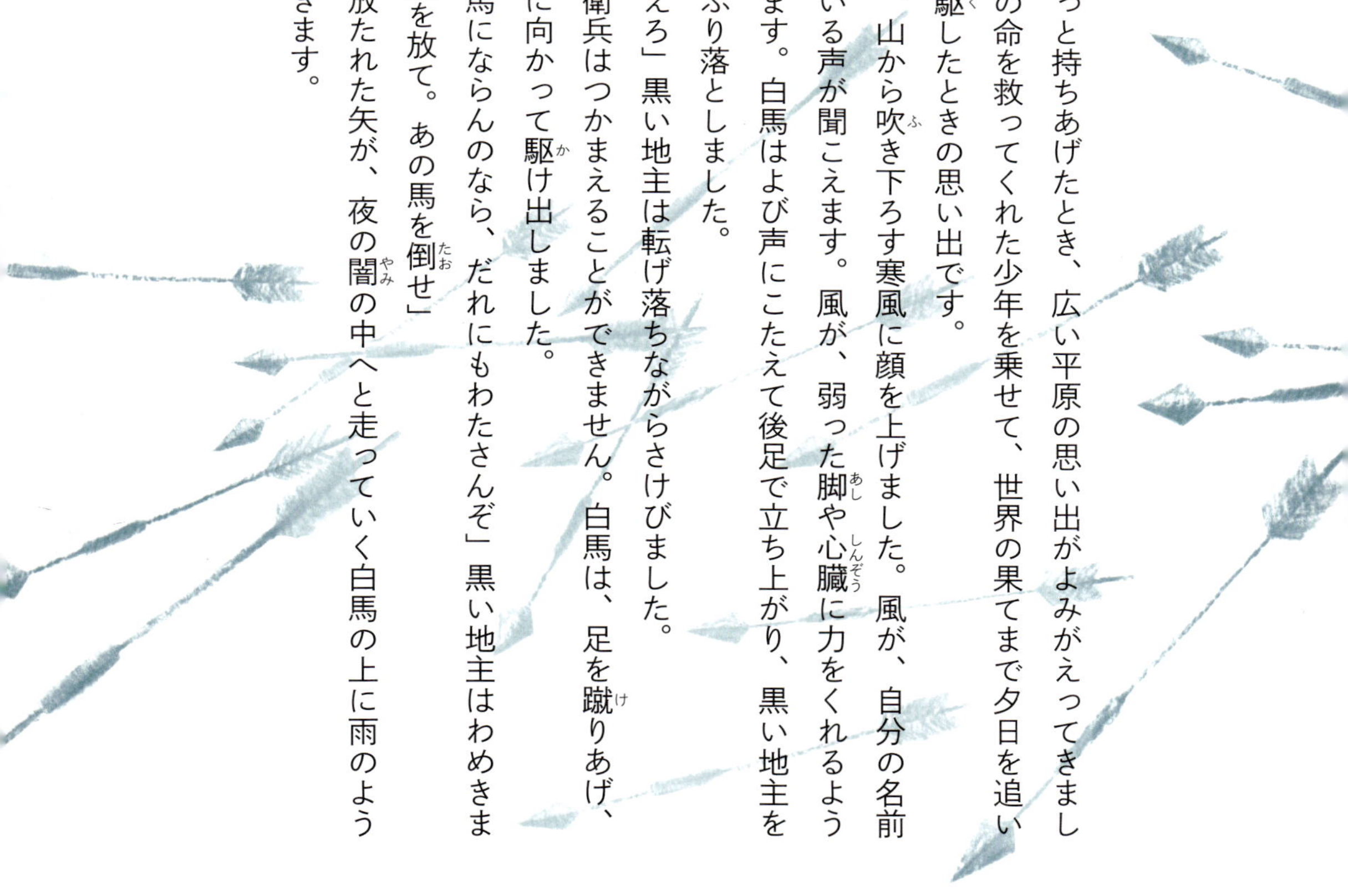

みをふわっと持ちあげたとき、広い平原の思い出がよみがえってきました。自分の命を救ってくれた少年を乗せて、世界の果てまで夕日を追いかけて疾駆したときの思い出です。

白馬は、山から吹き下ろす寒風に顔を上げました。風が、自分の名前をよんでいる声が聞こえます。風が、弱った脚や心臓に力をくれるような気がします。白馬はよび声にこたえて後足で立ち上がり、黒い地主を背中からふり落としました。

「つかまえろ」黒い地主は転げ落ちながらさけびました。

でも、衛兵はつかまえることができません。白馬は、足を蹴りあげ、遠くの山に向かって駆け出しました。

「おれの馬にならんのなら、だれにもわたさんぞ」黒い地主はわめきました。「矢を放て。あの馬を倒せ」

次々と放たれた矢が、夜の闇の中へと走っていく白馬の上に雨のように降り注ぎます。

雲がとぎれ、月の光がボートに乗った乗客たちを照らすと、ユセフのほおを涙が伝うのが見える。

「それって、ふるさとにいたときのおれたちの話だよね」ユセフが、涙をぬぐいながら言う。

ハッサンも、うなずいて言う。

「ほこりっぽい裏通りで、よくサッカーをして遊んだな」

「裏庭にレモンの木があったよな。おふくろは台所でクルミを入れたお菓子をつくって、パン屋に売ってた。うちじゅうに、ハチミツとスパイスのにおいがあふれてたな」と、ユセフが言う。

ハッサンが、思い出にひたりながらつづける。

「おれたちは、台所のテーブルで宿題をやりながら、おふくろが料理をつくり終えるのを待ってた。終わると、おふくろがボウルにくっついた分を指でこそげとって食べさせてく

れたり、スプーンに残ったシロップをなめさせてくれたりしたんだ」

ユセフもあいづちをうつ。

「あの台所は、世界一安全な場所だと思ってた。いじめっ子のアフメドの手も届かなかったし」

ハッサンが、うつろな笑い声をあげた。

「そう言えば、アフメドが新しいサッカーボールをぶんどろうとして、学校から追いかけてきたことがあったよな。おふくろが出ていったときの、あいつの顔ったら！　あいつがびくついてるのは、初めて見たよ。アフメドより体の小さいおふくろに、雷を落とされたんだもんな」

ユセフが、自分の両手を見おろしながら言う。

「でも、今はあそこももう安全じゃない。兵隊がやってきて、アフメドは入隊した。それで大きな銃を持って、大きな車を乗りまわすようになった。いくらおふくろでも、もうアフメドを叱ることはできなくなった」

「兵隊はおやじにも入隊しろと迫ったけど、おやじは断った」と、ハッサン。

ユセフが眉をひそめてつづける。

「ある晩、兵隊がおれたちの町にやってきた。男たちをつかまえて無理やり兵隊にするためだ。おやじが、おれたちに逃げろと言った。おふくろにクルミのお菓子とレモネードをつめてもらって、おれたちは山に隠れることにした。同じ町のほかの男や若者たちもいっしょだった」

ユセフが両手に顔をうずめる。

「でも、それをかぎつけたアフメドが、兵隊に知らせたんだ。それで兵隊がおれたちを追いかけてきた。すると、おやじとほかの二人が、兵隊を別の方向におびき寄せるから、そのあいだに逃げろとおれたちに言った」

「おやじたちがおとりになって、遠くの谷まで兵隊をおびき寄せるのが見えたよ」と、ハッサン。

「それから銃声が聞こえた」目をつぶりながらユセフが言う。「何度も何度も。山が粉々にくだけるんじゃないかと思ったよ」

　ハッサンが首をふりながら言う。

「おやじと仲間の二人は、銃を持っていなかった。銃弾が雨あられと降ってくる中を、闇に隠れてひたすら逃げたんだ」

「ラミ、きみが話してくれてるのは、おれたちの物語なんだよ」と、ユセフ。

　ノルもうなずく。

「わたしたちの物語でもあるわ」

　バシャールは、ハッサンとユセフの顔をかわるがわる見ていたが、やがてラミにたずねる。

「だけど、白馬はどうなったの？　スーホはまた会えたの？」

「しーっ！　もうすぐラミがつづきを話してくれるからね」とムスタファが言う。

　ラミがバイオリンの弓を持ちあげると、風がはこぶ涙のように音があふれ出す。ラミがつづきを語る。

高い山の上では、石だらけの地面にひびくひづめの音を耳にして、スーホが目をさましました。夜の中に出ていくと、満月の光をあびながら、あの白馬がこちらにやってくるではありませんか。でも、りっぱだった白馬は弱々しくなり、なんとか息をしようと横腹を波打たせていました。白馬はスーホの姿を見ると、よろめいてスーホの足元にへなへなと倒れてしまいました。

スーホは、そのかたわらにひざをついて、馬具や鞍をそっとはずしてやりました。そして、白馬の首を抱いて小声で言いました。

「ここにいておくれ。前みたいに、ぼくが世話をするからね」

けれども、白馬の呼吸はどんどん浅く、せわしなくなっていきました。何本かの矢が、体の奥深くまでつき刺さっていたからです。

「がんばるんだ」スーホは言って、白馬のやわらかい鼻をなでました。「また思いっきり風と競走したり、夕日を追いかけたりしような」

しかしスーホにも、白馬の命が尽きかけていることは、わかっていたのです。やがて白馬は目を閉じると、スーホの腕の中で最後の息を引きとりました。

スーホは、闇の中で白馬を抱きしめ、泣きながらねむりました。空から舞い降りる白い雪が、ふんわりした毛布をかけてくれました。

スーホの夢の中に、白馬があらわれました。毛皮は真っ白な雪よりも白くかがやき、その目は真っ暗な夜よりも黒く光っています。

「さあ、最後にもう一度、わたしに乗って」白馬は言いました。
スーホは、白馬の背(せ)にまたがると、夜をつっ切って駆(か)けていきました。
風と競走しながら、世界の果てまで。

空に最初の光があらわれると、スーホを乗せた白馬は山にもどってきました。そして、言いました。

「わたしのことをおぼえていて。わたしの名前を忘れないで」

「だけど、ぼくは名前を知らないよ」

白馬は、スーホの胸をそっと鼻で押すと言いました。

「知っていますとも。ちゃんと心でわかってるはずです」

スーホは、白馬のたてがみをつかんで言いました。

「おまえを失いたくないよ」

すると白馬は言いました。

「だったら、わたしのあばら骨を一本と尻尾の毛を使って、弓をつくるといいですよ」

「矢を射るための弓を？」と、スーホはたずねました。

「いいえ」白馬は首を横にふりながら言いました。「どんな矢よりも力強いものを生み出すことができる楽器の弓です」

白馬はスーホの目をじっとのぞきこんでつづけました。

「その弓で、わたしの体の脱け殻をこすると、わたしの歌が聞こえるでしょう。わたしの物語も聞こえてくるでしょう」

目ざめたスーホは、白馬に言われたとおりにしてみました。一日じゅう腰をおろしたまま、白馬の骨と皮を使って、白馬の形をまねた楽器をつくったのです。

のばした皮を白馬の骨にかぶせ、楽器の胴をつくりました。きつく張った皮を指ではじくと、白馬のひづめの音が、山にこだましました。

スーホは、馬の毛をより合わせて弦をつくると、この新しい楽器のネックから胴の下のほうまでぴんと張りました。弓をこの弦にすべらせると、荒々しい風の音がわきおこりました。

最後に、スーホは、骨のかけらを、誇り高い白馬の頭の形に彫り上げました。いつまでも白馬のことをおぼえているために。決して白馬のことを忘れないために。

夜のとばりがおりると、スーホは白馬の歌をこの楽器で奏でました。風がその歌を山々のかなたを越えて谷まではこび、村々をめぐって、ドアや窓から家にも入りこみました。人びとは手を止めて、その歌に聴き入り、まもなく歌の調べをハミングしたり、そのリズムに合わせて足を踏みならしたりするようになりました。鍛冶屋は、歌に合わせて金槌を金床に打ち下ろしました。母親はこれから生まれる赤ちゃんに、この歌をハミングしてやりました。

男たちは畑を耕すときにこの歌をうたいました。そしてその歌は、砦の壁を越えて、黒い地主の屋敷の中まで入ってきました。

「やめろ。その歌をやめるんだ！」

黒い地主は命令しましたが、音楽を止めることはできません。風が調べをはこび、耳元でささやくのですから。その歌は、平原からもやってきました。山々から下ってくる急流にも乗って流れてきました。

「だれのしわざか、つきとめてこい」と、黒い地主は、衛兵に命じました。

衛兵たちは軍馬に乗って出かけていきました。しかし歌はあちこちから聞こえてくるものの、その歌をつくった者を見つけることはできませんでした。

「あれは風のしわざです」もどってきた衛兵たちは言いました。「風といっしょにやってくるのです」

「だったら、風をつかまえろ」黒い地主は吠えました。

「風は、つかまえることができません」衛兵たちは言いました。

「それなら、風をしめだせ！」

ふんがいした黒い地主は、砦の中のすべての家の窓や扉をタペストリーでふさぐように命令しました。それでも、こまかい織物の目をぬけて、風が歌をはこんできます。召使いたちは、床をそうじしながら、歌に合わせてひそかに踊りました。鳥かごの中の鳥たちは、広い空を思い出してその歌をうたいました。兵隊たちにもこの歌は聞こえたので、夢の中でハミングしたり、歌のリズムに合わせて行進したりするようになりました。

「歌をしめだすんだ！」地主はどなりました。

でも、いくら耳をふさいでも、その歌は屋敷の壁や床をふるわせて聞こえてくるのです。黒い地主は地下牢に降りてみましたが、そこでも地面からわきあがるように歌が聞こえてきます。

「もっと深いところへ行かなくては。鋤を持ってこい」地主はさけびました。

黒い地主は、歌からのがれようと、黒い土の地面をどんどん深く掘っていきました。

深く

もっと深く

さらに深く

黒い地主がいったいどれだけ深いところまで掘ったのかは、だれにもわかりません。

やがて穴の壁がくずれて、地主は生き埋めになったのだと言う人もいます。また、地主はまだ穴を掘りつづけていると言う人もいます。そして中には、地主は歌がやむのを待って、もどってくるチャンスをうかがっているのだと言う人もいるのです。

黒い地主の姿が消えたという知らせは、どんどん広まっていきました。人びとの喜びが、砦から山々まで伝わっていきました。スーホの家族が谷にもどると、人びとは歌をつくったスーホのまわりに集まってきました。

「これは、あの白馬の歌なんです」
スーホは、楽器の胴をたたき、弦に弓をすべらせながら言いました。

たしかに、楽器から流れる調べを聞くと、あの白馬が荒々しい風と競うように疾駆している姿がうかんできます。

「ほら、あの白馬は命を失っても、黒い地主を打ち負かしたのですよ」

まもなく人びとは、自分でも楽器をつくりたいと思うようになりました。胴は木でつくり、自分たちが飼っている馬の尻尾の毛で、弦や弓をつくったのです。そして、ネックの先には馬の頭を彫って飾りました。

この楽器は、モリンホールとか馬頭琴とよばれるようになりました。そして人びとはこの歌を演奏し、物語を語るようになったのです。

馬頭琴は、愛や、友情や、悲しみや喪失など、新しい物語もおぼえてゆきました。そして、結婚式やパーティーでは楽しくうたい、お葬式の時は悲しい調べを奏でるようになりました。やがて馬頭琴は絹の道やスパイスの道をたどって、世界じゅうに旅をしていきました。さまざまな土地で、人びとは同じような楽器をつくるようになりました。形も大きくなったり、小さくなったり、弦の数がふえたりもしました。そうするうちに、脇にかかえられるバイオリンができたり、人間の背より大きいコントラバスができたりしたのです。裏通りでも広場でも音楽堂でも、こうした楽器が演奏されるようになりました。

でも、時代を超えて変わらないことがひとつあります。それは、どの弦楽器の先にも、首をもちあげた馬の頭のような形の渦巻きがついていることです。これは楽器の発端となったスーホと白い馬の物語を忘れないようにするためなのです。

自由の歌と、
　風がはこんだ物語を、思い出すためなのです。

ラミのバイオリンの調べが波を越えて、白みかけた東のほうの地平線まで流れてゆく。日の出はもうすぐだ。

「ありがとう、ラミ」ノルがそう言って、バシャールとアマニを抱き寄せる。「その歌、この子たちにもうたってやりましょう。そうしたら、この子たちがまたその子どもたちに伝えていけるでしょう」

ムスタファがうなずく。

「わたしも、また先生の仕事についたら、生徒たちにうたってやろう」

二人の兄弟は、腕を組み合った。

「おれたち、忘れないよ」と、ハッサンが言う。

「ぜったいにな」と、ユセフも言う。「おれたちを救うために命を捨てたおやじを思い出して、この物語をおれたちもうたうよ」

モハンマドは、ビニの耳をなでながら言う。

「妻にも聞かせたかったよ。かわりにわたしがうたうことにしよう。二人で暮らしていた家のことを忘れないために、わ

たしはうたおう。みんなにもおぼえていてもらうために。この戦争が終わったら、みんなまたもどって家を建て、暮らしを立て直せるように。にぎやかな市場やコーヒー屋を忘れないためにうたおう。友人や隣人の物語を伝えるためにうたおう。妻のためにも。彼女は、何もかもが奪われても愛が残ることを教えてくれたのだから」

ラミはうなずく。

「亡くなった人たちや、取り残された人たちのために、うたいましょう。この歌が必要になると思っていない人たちにも、うたって聞かせましょう。この歌を生きたものにしておかないと」

波にもてあそばれる小さなボートに乗った人たちは、いっしょにこの自由の歌をうたう。みんなの心臓が歌のリズムに合わせて鼓動を打つ。

風が出て、
海は荒れている。
それでも、ささやかなボートは
ささやかな望みを乗せている。

訳者あとがき

今、世界には多くの難民がいます。戦争や迫害によって、生まれた家を追われ、時によっては家族とも引き離されて、生きのびるために、ひとすじの希望にすがって旅をしなくてはならなくなった人たちです。シリアやアフガニスタンやソマリアやミャンマーから、小さなボートに乗り合わせ、あるいは徒歩で長い旅をして、生きのびられる場所を探す人たちのことは、ニュースでもよく取り上げられてきました。現在、世界には国内避難民も入れると約6850万人の人たちが、紛争や暴力や迫害によって家を失い、そのうち国外に脱出した難民は2540万人と言われています。

この本に登場するのも、そうした難民の人たちです。どこの国から逃げてきたのかは書かれていません。でも、命の危険を感じて、とるものもとりあえず自分の国を脱出してきた人たちです。おたがいを知らず、たまたま一緒にボートに乗り合わせたただけなのですが、ラミが奏でる音楽と物語がみんなを結びつけ、乗り合わせた一人一人が自分がどんな暮らしをしていたのかを話し始めます。

さて、そのラミが今にも壊れそうなボートの上でバイオリンで語るのは、モンゴルの馬頭琴（モリンホール）の起源の物語。『スーホの白い馬』（大塚勇三文　赤羽末吉絵福音館書店）という絵本でご存じの方も多いと思います。私は東京外国語大学教授でモンゴル口承文芸の権威であった蓮見治雄先生に、原話についてのお話をうかがったことがあります。その時にスーホの「ホ」は、カタカナにはできない音なのですと先生がおっしゃったのもおぼえています。でもここでは、絵本を知っている方が多いことを考えて、私もスーホという名前を使いました。

獣医でもある著者のジル・ルイスは、馬が大きな役割を果たしているこの伝承物語に関心をもち、それと現代の難民とをうまく結び合わせて、心にひびく物語を生み出しました。

日本にも難民の人たちは大勢来て、受け入れてほしいと申請を出していますが、日本は審査が厳しく受入体制も不充分で、２０１７年は１万９６２３人が難民申請を行ったのに、認定されたのはたったの20人です。難民が入ってくると治安が悪くなるとか、違う文化を背負った人たちとはうまくやっていけないなどと心配する人もいるようですが、ジル・ルイスは、難民は「困りはてて、助けを求めている地球の仲間」なのだと言っているのではないでしょうか。

二〇一八年九月

さくまゆみこ

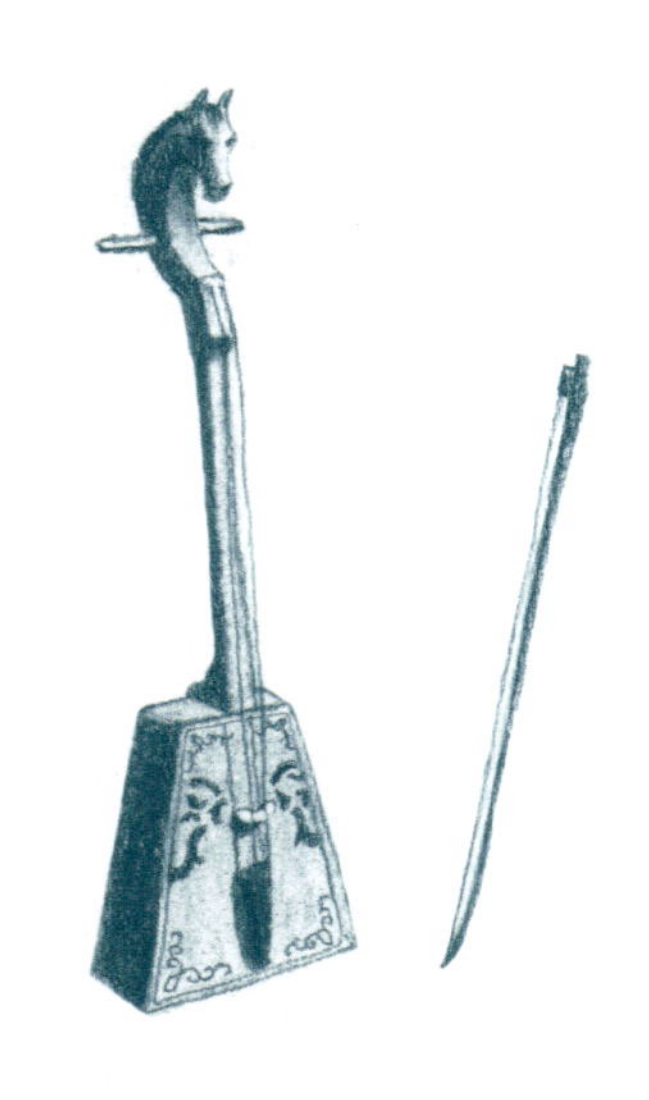

風がはこんだ物語
2018年9月30日　初版発行

著者／ジル・ルイス
画家／ジョー・ウィーヴァー
訳者／さくまゆみこ
装丁／城所潤+大谷浩介(ジュン・キドコロ・デザイン)
発行者／山浦真一
発行所／あすなろ書房
〒162-0041 東京都新宿区早稲田鶴巻町551-4
TEL 03-3203-3350(代表)
印刷所／佐久印刷所
製本所／ナショナル製本

ISBN978-4-7515-2932-4　NDC933　Printed in Japan